통점

동점

채천수 시조집

시인의 말

 시대의 한복판에서 좋은 작품을 독자들에게 올리고 싶은 것이 어디 한 시인만의 바람이겠는가?

 소통이 화두가 되는 일상의 풍경은 굳이 예술행위를 전제하지 않아도 인간의 행위나 그 조직의 관계에서 오는 울림과 근원을 탐구하게 한다.

 네 번째 시조집을 내는 소이도 이런 울림의 아픈 상류를 거슬러 올라가거나 오늘의 현장에서 파생할 미래의 가치를 생각하는 자연스러운 모습이다.

 세상살이가 아무리 절박하고 위급해도 우리들은 늘 신선한 판단과 행동을 요구받는다.

 시조집《통점》은 이런 안팎의 정서가 상존하는 사람살이의 무수한 과녁이다.

2012년 10월 마천산 기슭에서
날뫼 채천수

차례

2. 로또나 한 장 샀어!

3. 가없는 물음 속에

4. 배역이 쓸쓸해도

5. 자궁이 절간이란다

1
사랑을 차마 하관下棺 못해

퇴고

무수한 생각 끝에
다시 불을 지핀다

발갛게 단
시詩 몇 줄은
모루 위에 놓일 자존

해머로
이 글과 나를
단호하게 내리친다.

저기 박힌 돌

돌부리와 돌뿌리로 고정된 돌을 본다

드러난 돌부리와
숨겨진 돌뿌리에

일테면 저만의 처지가 야무지게 몰려있다.

돌 반지, 봄볕

포말이 일 것 같은 흰머리를 한 아낙이

해안가 빨랫줄에
오징어를 널고 있다

한낮의 봄볕과 바람이 자식인양 귀하다.

손끝에 오랜 바다를 꾸덕꾸덕 말리면서

5남매 등록금을 대던
기억도 이미 오래

이제는 저 오징어들이

돌 반지로 마르는지….

메타세쿼이아 길

한 그루 한 그루가 줄을 서준 힘이다
나란히 붙박여서 제 그늘을 드리우며
나무와 나무 사이는
푸른 길이 되었다.

더러 비 오는 날
약속한 나무에서
한 개의 우산은 접고
한 개의 우산은 편 채
단둘이 마주해보면 또 얼마나 싱그럽나.

2열종대로 선 메타세쿼이아
조붓한 길을 걸으면
서로가 서로에게 멋진 길이 되자는
아늑한 눈빛 대사를
이 나무들이 몇 줄 준다.

강가에 서면

사람도 한 채 루樓입니다
노을이 밴 나이에는
가슴에 함벽루 시涵碧樓* 詩
몇 줄 갈대로 서서
저물녘 황강 물소리 듣는
사람도 한 채 루樓입니다.

연호사烟湖寺* 부처님도
잠 못 드실 더운 저녁
이 강물 소리만한 공양이 또 있겠습니까?
임마저 물소리가 되는
공양이 또 있겠습니까?

* 涵碧樓, 烟湖寺 : 경상남도 합천군 율곡면 임부리 황강이 흐르는 곳에
있음

두 사내

모처럼 함께하는 둘만의 초겨울 오후
곧 입대할 아들놈과 금호강둑을 걸으며
저녁놀 불쏘시개로
생각 툭툭 던진다.

마른 풀, 길 맛 탓인지
바람이 스산한데
두 사내 머리 위로 달이 둥실 떴다
몇 년은 이놈과 우리 내외
얼굴 넣을 달이구나.

사는 한 쪽
슬픔인 줄
미리 알아 찡할까 봐
모든 자식들은 아비어미를 산에 묻고
저 달을 볼 때가 있다는
말을 차마 못했다.

장을 보는 남자

계란 한 판이 30개인 줄 진작 알았으면

서툰 눈도 좀 고치고 철이 바로 들었을 텐데

쉰넷에 파 한 단 값 안

시장 길이 선생이네.

수족이 늘 찬 아내

꼬랑꼬랑 아픈 날은

여자 누운 남자 살림, 안 봐도 다 훤한 것

부엌도 빨래거리도

물정 어둔 내 닮았네.

고구마

마당귀 모닥불이
친구 네댓을 불러 모았다
뜨거운 군고구마를 후후 불며 먹는다
고구마 한 소쿠리가 구수하게 살다간다.

종교나 철학 앞에
놓아보는 따뜻한 정
뭉클한 진실이다
노란 속살의 촉감
너한텐 할 말이 없다, 쉰다섯을 더 살아도….

몸으로 말하고 간
너의 말은 따뜻했다
땅속에서 너는 정말 잘 배운 영혼이었다
언제가 흙이 된다면
너를 꼭 한 번 안고 싶다.

통점痛點

서문시장 가게마다
하나 둘 꺼지는 불
생선 대가리를 쳐야 먹고사는 친구 놈과
쉰 중반 피로를 놓고 대폿집에 기대 쉰다.

나잇살에 따라오는
그 무슨 통점痛點 같은
신경이 곤두서서 생의 맛이 조여 오고
경기에 턱턱 받히는
일과들로 가득한 몸.

점점 더 헐떡이는 된비탈 숨소리에
밀리고 휘둘리는 목숨도 짐이다 싶어
입술을 지그시 물고
대폿잔에 기대 쉰다.

허기

하염없이 혼자 있다
빈방에
빈속으로

네 생각 달이다 보면
그예 몸은 약탕기

사랑은
처소處所였구나
사람 안에 사람 사는….

격格

이따금 짬을 내어 내가 나를 앉혀놓고

편마모된 일상을 넣어 찻잔에 녹이다보면

약빠른 상업주의에 휘둘렸던 내가 있다

이윤이란 손톱 끝에 긁히는 하루하루

아, 누가 누구에게 가격을 매기는가?

가슴도 신자본주의란

얼레 줄이 감고 푼다.

흰 머리카락 소고小考

너무 다 드러내도 매력이 없다기에
흰머리를 망설이다 염색약을 처음 산 가을
아직은 뭘 속이는 것 같아
그저 그냥 두고 있다.

낡은 벽 도배하듯 나이도 다듬어야
마음도 젊어진다고 광고가 이끌지만
나이는 잊고 산다며 뿌득뿌득 버틴다.

하기야 흰 머리카락이
그냥 흰 머리카락인가
세월한테 물어보면 말 못할 울음도 섞인
소슬한 바람의 길에 갈대밭이 아니던가.

은물결로 수런대는
오십 수년 이 편력을
떡국에 고명처럼 얹어놓긴 아직 일러
느슨한 신경과 감정
그 고삐를 다잡는다.

상강霜降 이후

자발적 소외를 택한 가을이 깊어지면

갈대의 흰 눈썹에 사색하는 바람이 일고

세상을 안았다 내준 빈들 같은 표정이 있네.

멀어져간 하늘 아래 한동안 멈춰 서서

가만히 새겨보면 누구나 갈대였어

이승의 가장자리에 문득 귀를 열어두는,

강물도 제 소리를 다듬는 상강 이후

계절을 서성이다 찻물은 고대 식고

헤식은 마음 한구석이

정처 없이 발을 끈다.

적막 시편詩篇

가을이 내게 와서 나잇값을 물을 때면

구차한 변명 따윈

서리 맞은 풀잎이라

몸에서 나는 소리는 눈을 감고 듣는다.

마흔에 고아가 된 후

갈수록 깊은 가을

내 빈들 적막 시편詩篇은 며칠 내내 앓아눕다

간신히 마음 갈앉혀

빗진 몸을 가눈다.

내 노을을 보며

내 눈을 곧잘 읽어주는
아내는 큰 고객이다

감정이 불경기일 때
차도 한 잔 끓여주며

아무도 팔아주지 않는 고독까지 떨이해주는,

이제 내 노을을 보며 그녀의 세월 중에

참 많이 아팠지 싶은
슬픔들을 사고 싶다

내게 와 편치 못했던 사연마저 사고 싶다.

이명耳鳴

소리를 받아내며 흥을 돋우던 그가 간 후

길 잃은 내 소리는 북만 남아 덩그렇고

사랑을 차마 하관下棺 못해

내처 앓는 이명이여!

마음의 수레 위에 고독은 몇 천 가마

너를 진 무게더냐?

걸음은 또 천근만근

기우뚱 흔들리는 이승

이젠 너를 놓고 싶다.

2
로또나 한 장 샀어!

로또나 한 장 샀어!

아무리 사는 몫이 자기 책임이라지만
생계가 목발을 짚는
88만 원 돌너덜 길
청춘은 팔팔했지만 그마저도 좀 귀했어.

깎인 납품 단가에 후려쳐진 노임 단가
한숨을 자주 뱉는 생은 결국 하청이지
씁쓸히 외진 구석에
잡초처럼 도는 절망.

졸리고 옴나위없어 손가락을 오그리다
로또나 한 장 샀어!
확률을 잊은 채로
척박한 이 서식지를 언제 몇 발 벗어나나.

그늘

센서가 개발되어

내부자동제어가 되면서부터

감지된 오차는 스스로 교정됐고

대부분 외부개입제어는

설 자리를 잃었다.

사람을 밀어내는 기술의 정교성과

잇속이 종교가 된 패러다임의 속도에는

철지난 고용형식을

도려내는 칼이 있다.

잠*

*아니리조로 낭송

너른 아파트에 꽃잠 자는 분들이
갈치잠을 알겠나
한뎃잠을 알겠나
사나흘 잠 한 번 푹 자는 게
벼슬인 줄 알겠나.

노점상 말뚝잠이나 경비원 쪽잠처럼
뼈마디가 다 쑤시는 만성피로 현기증에
언제쯤 형편이 피고 훤하게 웃어볼지.

여윈잠에 부스스한 까치집 매번 얹어
진종일 허덕대는 날품팔이 찌든 일신
누우면 금방 코를 골다
잠꼬대도 보탠다오.

늦은 밤 등걸잠에 내외 다 저승이고
사는 독이 빠지느라 업어 가도 둘 다 몰라
잠 끝이 늘 시원찮아
새벽부터 기우뚱하오.

부동댁, 어둠

이 동네,
문양댁과 앞뒷집에 시집온 후
층층시하 벗고 나서 너희들 훌훌 흩고 나니
먼저 간 영감 이름만 다르지
여인네 삶 뭐가 달라.

제여곰 밥 먹으면 눈도 귀도 가난하여
서글픔이 밀물지는 혼자 속 파도가 싫어
낮에는 한곳에 모여
양푼이 밥도 먹고 그래.

집만,
날 기다리는
이 할미 밤을 알았는지
6학년 네 딸이 강아지 새끼 주고 간 게
저 혼자
내 속절없는 모서리에 컹컹대지.

가난한 시간이 간다

맞벌이 아이들 눈에
어둠이 쌓일 때면
불안한 신자본주의, 오토바이 소리가 난다
누군가 치킨집과 피자집에 전화를 했나보다
중국집 오토바이까지 몇 번 더 지나가면
엄마를 자주 굶어 부대끼는 아이들이
고달픈 시간 질환임을
가로등이 홀로 안다.

짜장면 빈 그릇과 닭뼈가 나뒹굴고
삐뚤빼뚤 공책 글씬 제멋대로 춤을 추고
겉옷을 입은 채 잠든
가난한 시간이 간다.

무면허의 봄

성적에 내몰리다 성격 다 비틀린 채

일탈의 오토바이로 펄럭이는 머리카락

황량한 아스팔트에 굉음으로 맞선다.

잠깐은 통쾌해도 어둠이 찢은 청춘

밥과 잠자리가 잠시 붙들어둘 뿐

마음이 떠나버린 집

몸만 남아 버틴다.

일시적 반항심이 빈집털이로 나서고

태반이 석 달 안에 원조교제를 나간다는

구겨진 통계 속에는 무면허의 봄이 있다.

묶이지 않는 어둠

엑셀로 집계를 낸 숫자들이 줄을 서면
각 부서 실적들이 극비리에 분류되고
넣었다 빼준 이름들은 식은땀이 맺혀있다
붉은 띠 이마에 묶은 처절한 아우성도
살려고 부딪쳐보는 상황의 외피일 뿐
벼랑이 내려다뵈는 절망까진 못 묶는다.

아련한 행복

고디*
한 대접을 샀다
칠성시장 난전에서

아이들 일기장에 쓸거리를 줘야한다던

젊은 날 아내의 말과
반짝이는 강물을 샀다.

기억에 젖어오는 철부지들 물장구며

강바닥 조약돌과 땅강아지 모래집이

아련한 행복이어서
고디
한 대접을 샀다.

* 고디 : 다슬기의 경상도 방언

House Poor

어렵사리 모은 돈에 대출금도 보탰는데
계약 한 번 잘못해서 요렇게 꼬일 줄이야
집 한 채 장만하려다
얼굴 살이 쏙 내렸어.

몸속에 피가 돌 듯
돈도 길이 있나 보지
입주 포기 쓰나미에
시공사는 부도 위기
집값은 벼랑 아래로
떨어지는
삼천 궁녀.

십 년은 헛살았어
꼼짝없이
빌어먹을!
거품이 빠지면서 점령군인 은행이자
몰랐어!
저 아파트가
범 아가리로 덤벼들 줄….

Working poor

기회나 뭉칫돈이 서울로 집중되면서
지방은 점심 굶은 시어미 속 같은 게
경기가 영 시큰둥해
업종마다 몸살이지.

사자들이 풀까지 뜯어먹는 이놈의 세상
순한 토끼들은 뭘 해먹고 살아가나
모퉁이 구멍가게나마
꿈을 팔며 살고 싶다.

반환점에서

가방 끈 짧은 놈이 대처에 빌붙어 살다

몸 안 구석구석 재건축 신호 안고

집 한 채 샀으면 뭘 해?

몸이 병원, 월세방인데….

아등바등 매달리며 그저 입에 풀칠했던

기억의 나이테는 구성진 LP판 길

왜 그리 살았는지 몰라

약봉지나 들고 앉아.

39살 돌중

1
니 맛도 내 맛도 없는 슬픈 술을 또 묵고 왔나?
그놈이 날 잡아묵고 결국 니 잡아묵는데이
세상에 어디 니만 어둡나
이 꼬라지를 우야꼬….

2
어무이!
저 돼보이소 안 묵고 배기는가
석 달 만에 도망갈 년
데리고 온 미친놈이
낯짝은 어떻게 들고, 맨 정신에 살겠능교
가시나들 다 피하는 촌놈은 헛일입니더
끈 떨어진 내 청춘을
원망하면 뭐 합니꺼
어무이!
술이나 한 잔 걸치는
돌중이라 여기시소.

600원짜리 화폐는 없다

1
깻잎 한 단에 600원 !

고마 500원 하소!

그카지말고 고마 1000원에 2개 가가뿌이소!

이렇게 팔마 안 되잖나

마수해줘 고맙구마.

2
깻잎과 1000원을 교환한 것만 아니다

지폐 한 장 안에도 산 사람과 판 사람의

홍정을 셈하는 방식이 꼬깃꼬깃 접혀있다.

4월

연둣빛 잔잎사귀들이 제법 깔깔대고
등꽃이
치레걸이로
내 눈을 붙든다만
없는 집 밑반찬 같은 살림을 통 못 벗어.

중년에는 반찬냄새
덜 풍기고 살려 했는데
서방은 서방대로
호주머니가 영 궁하고
딸년은 개나 끌어안고
올봄도 놓치나봐.

간장, 된장, 식초 재워 넣은
내 속은 고추장아찌 마늘장아찌 더덕장아찌야
팔잔지 사는 입속이
짜고 맵고 시고 그래.

수업료

대책 없는 남편이 은행에서 명퇴한 후
맥 풀린 살림살이에 활력을 찾는다고
그녀가 개업한 식당은
2년을 채 못 견뎠다.

남편 봉급으로 살림만 하던 사람이
치타 발톱 같은 임대료에 할퀴면서
남은 건 1억 8천만 원의
은행 빚과 허리디스크였다.

먹는장사 성실하면 망하는 집 없다는 말
누가 말했는지 참말로 원망스러웠고
주부가 홀로서기란
수업료가 너무 비쌌다.

실과 식민지

인도의 여인들이

물레로 실을 뽑을 때

영국의 신흥자본은

방적기계로 실을 뽑았다

영국은 그런 인도를 300년간 지배했다.

3
가없는 물음 속에

하늘빛 차운 次韻

네 시詩는 은은했다

먼 산 종소린 듯

그 여운 오래가서 생각마저 붙들리면

신경은 죄다 파르르 현이 되어 울었다.

한 시절 불기 가신 후회가 웅크릴 때

한로寒露가 가며 그린

텅 빈 충만의 하늘

인생의 잔고가 담긴 통장 하나 받는다.

가없는 물음 속에 너는 내게 깊은 우물

시정市井에 물러 터진 나잇값을 길어보면

뉘 없이 비춰보라는 듯 법당인양 환한 허공….

우금치에서

순박한 백성들을 폭약으로 만들었던

거슬러 120년 전 학정을 따라가다

우금치 보리밭에 서면

해일 같은 민란이 인다.

구한말 패륜에 찌든 벼슬아치 가렴주구

관아에 대꾸를 하면 곤장을 치고 주리나 틀던

너희들 죄를 묻느니

왜정까지 불러들인….

보리야, 정월 보리야, 눈 속에서도 눈을 뜨고

찬 서리 바람맞고 새파랗게 돋는 민의

오는 봄

동헌에 묶어놓고

역도라니! 폭도라니!

바위를 던지다

투암投巖*이란 호를 가진 할아버지 비석을 보니
임란 때 성 위에서 큰 바위를 던지고 굴린
조선의 군관민은 모두 투암임을 알겠네.

이 땅에 피 흘리며 투암턴 사람들의
꿋꿋한 사백여 년이 귀에 쟁쟁 들리는 듯
비바람 담긴 묘비여!
그 함성이 여기 섰네.

누구나 맡은 직분이 두려운 하늘 아래
이 돌은 뉘 호가 아닌 구국의 뇌뢰磊磊 중 하나
바위를 의義로 바꾸어 목숨으로 안은 청사靑史.

들리는 귀 있으면 이 돌이 하문下問하느니
분단의 수레바퀴를 어디로 끌고 갈지
버려둔 슬픈 역사는 제대로 싣고 가는지.

* 投巖 : 채몽연(蔡夢硯,1561~1632)

선생의 자는 정응(靜應) 호는 투암이며, 인천인(仁川人)이다. 한강 정
구 선생의 문하에서 수업하였다. 진사(進士), 효성이 지극하였으며, 빈
궁한 자를 구휼(救恤)하여 달성덕행록(達成德行錄)에 등재되었다. 임진
왜란에는 서낙재(徐樂齋)·곽망우당(郭忘憂堂)과 창의하였다. 42세에
다사면 매곡리에 하남정사(河南精舍)를 짓고 후학양성에 힘썼으며, 서
낙재(徐樂齋)·정한강(鄭寒岡)·이석표(李石漂)·정우복(鄭遇伏) 등과
교유하였다. 통정대부 이조참의(通政大夫 吏曹參議)에 추증(追贈)되었
으며, 인동 소암서원(仁同 嘯巖書院)에 봉향(奉享)되었다. 영남인물고
(嶺南人物考)·여지도서(輿地圖書) 등에 등재 되었다. 묘는 마천산(馬
川山)에 있으며, 투암문집(投巖文集)이 전한다.

노을에 던진 시간

사색에 빠진 듯한 먼 산 노을 바라보니

밀레의 만종 같은 기도를 하고 싶다

마음속 허드레 것들

하나, 둘…, 태우면서,

하루를 다비하는 일몰의 귀가에는

천지를 빌려 쓰다

촛불처럼 타다 사월

목숨의 깊은 물음을 피할 수가 없구나.

찻물 처방전

이따금 툭툭 뱉는 불구의 언어에는

종기로 곪아터진 피고름이 묻어있고

욕망의 부상병들이 쭈그린 채 앉았는데.

찻물을 지금부터 모셔봄이 어떠하오?

차 맛도 차 맛이지만

육신과 찻잔 사이

덤으로 맑은 고요가 그대 속에 다가오리.

향이나 맛이란 것도 알고 보면 군더더기

우는 아이 잠재우 듯 자기가 자기를 안는

따뜻한 이 물 한 잔이 순간순간 정이지요.

막걸리 두 통

한로寒露에 일복 터져 누우면 저승이지만
누른 벼 냄새만큼 흐뭇한 것도 드물고
살림이 알찬 배추처럼
싱긋 웃고 뿌듯하지.

가을 미꾸라지
살이 얼마나 통통한지
추어탕 한 솥 끓이고 고추도 쪄 무치며
하루에 막걸리 두 통이면
그런대로 웃고 산다.

순종

신기료장수로 못 박힌 김 씨

구두못을 뽑는다.

털이 빠진 정수리는 신神의 일로 남겨놓고

이웃의 길을 고치는데

자기 길이 되고 있다.

서정을 캐다

입장권을 내고 싶은 그런 골목이 있다
매표소 역할을 대신하는 포장마차에서
지난날 꽁꽁 언 손에 붕어빵을 들려줄.

푼돈이 마른 입술에
담배나 대구 무는
늙은 여인이 사는 낡은 여인숙이
전봇대 전단지로는 잘 팔릴 것 같지 않다.

코를 통해 들어오는 재래식 화장실과
얼붙은 하수구에 뽀얀 개숫물 입김이
불현듯 지난 일상을 확 당기는 힘이 된다.

도회의 꼬리로 남은 뒷골목을 뒤적이면
몸 안을 재구성하는 검정고무신 60년대
희망이 퇴적된 갱도에서
탄부처럼 탄을 캐는….

왜가리

하늘 문제
풀어보다
강물 질문 들어보다

골똘히
외발로 선
가냘픈
네 몸짓은

사람의
믿음보다도
어쩌면 더 큰 종교다.

그들은 신神과 함께 34명이었다

칠레를 하나로 묶었다

매몰된 광부들이

과학적 의학적 사회적 구출 각본으로

쏠리는 염원과 기도가 69일을 움직였다

절체절명의 순간에도 33명 중 한 사람이

파블로 네루다와 가브리엘라 미스트랄이

쓴 시를 낭송하여서 삶이 뭔지 매만졌다

622m 지하에서 마지막으로 귀환한

작업반장 우르수아가 대통령 곁에 설 때

누군가 국가를 선창했고, 대통령도 불렀다

광부들 사진이 붙은 국기가 흔들리면서

산호세 광산 보물은 이제 구리가 아니라

희망의 영혼을 캐낸 칠레의 힘이었다.

반송返送

오래전 내 모습이 뚜벅뚜벅 걸어와서
반송된 우편물로 내가 나를 받는다
도대체 이런 방식은 어디에서 오는가?
우체부는 오토바이를 내 머릿속에 세워놓고
기억이 소환하는 옛날 나를 돌로 바꾸어주며
그 돌로 탑을 쌓게 해 위태위태한 내가 된다.

일월오봉도日月五峰圖 를 보며

– 도화서 화원들에게

해와 달처럼 이 땅을 두루 살펴보니
그 곳곳 산봉우리들
과인 곁에 항시 있어
어느 골 어느 계곡도 정녕 잊지 못하노라.

한 쌍의 큰 폭포는 사직이 가야할 길
백성들 마음이며 논밭까지 흘러들어
어미가 젖을 물리듯
어진 강이 되리라.

푸르른 솔에게도 인재를 물어보고
먼 바다 또한 곁에 두어
원려遠慮로 삼겠노라
과인의 등 뒤에 있어도 늘 그 뜻은 앞에 두리라.

벌거숭이
– 이쾌대의 군상

시대는 벌거숭이

짓밟히고 널브러진

성한데 한 곳 없는 뼈저린 분한 붓질

그 어디 몸을 담아도 휘둘렀다, 그때 이 땅

탕진한 역사 끝은 헛디딘 낭떠러지

혼돈의 해방 공간

알몸들이 분출하는

궁하고 슬픈 근육질의 부대끼는 아우성

길 하나 찾아보려는 절박한 눈빛, 눈빛…

미칠 듯한 불안감이 붉은 땅에 나뒹군다

화폭에 사무친 육성

사람 몸이 해일이다.

새벽, 봄비

눈은 감고 귀는 연 채

둘이 누운 일요일 새벽

흐느끼는 봄비 속에 기차가 울고 간 후

객차를 쉰다섯 량 단

내 숨소리를 듣는다.

천명의 기상도가 몸속으로 성큼 와서

무엇으로 살았는지 어떻게 달렸는지

무수한 빗물 물음이 동심원을 그린다.

내외는 서로 텃밭, 묻어둔 적막까지

사는 일로 싹이 돋아 요리조리 솎아보면

주어진 삶의 무늬에 애절함이 닿는다.

동굴을 보면 이렇게 살고 싶다

그녀와 동굴에서 아기를 받고 싶다

건초더미를 꽉 움켜진 그녀의 땀 밴 비명에

최초로 울음을 받아 울음의 애비가 되는,

더운물에 씻어 꼭 짠

산양의 고운 털로

함께 몸을 닦아주고

그 겨울 쉴 새 없이

잡아온 짐승의 수를 동굴 벽에 긋고 싶다.

숙제검사

이제 내 스케치북도 1/3쯤 남은 것 같다
스케치북을 준 사람이
검사를 한다면 큰일이다
그동안 나잇값을 못한 그림이 너무 많다.

집 한 채 해결하다
지쳐버린 밑그림에
누정樓亭을 어디 꿈꿔 물소리를 거느리나
누군가 푹 쉬다가 갈 그런 그늘이 없다.

남은 첫 장부터 구도를 새로 잡자
인정도 보살핌도
채색은 내가 하는 것
마음만 맑게 놓아도
후회는 덜 묻겠지.

4

배역이 쓸쓸해도

빈들

입동이 지나면서 저 들은 다 비었고
지나온 시간들로 들끓는 바람이여!
마음을 또 못 붙들어
억새처럼 흔들리나.

아비로 남편으로 자식으로 나눠 담은
몇 포대 인생 자루를
주섬주섬 챙겨보면
몇 줌씩 빼거나 보탤 인연들이 서걱댄다.

바둑을 복기하듯 되짚는 생의 의미
한 발 한 발 걸어왔던
운명이 껴안기고
그마저 내려놓아야할 빈들 같은 내가 있네.

냉장고

몇 달 전 돼지고기가 토막 난 채 얼어있고
무엇이 담겼는지
까마득한 반찬 통들이
아내를 무시하면서 내 기억도 밀어낸다.

기억에 넣지 않고, 냉장고에 넣었다며
애써 서로 위로하지만
허점을 들킨 듯한
느슨한 인식 조직에
곰팡이가 피고 있다.

순명順命

감독도 없는 영화
허기진 후반부에
아내와 어머니로 스스로를 다 빼앗긴
오래된 감정노동이 가슴을 치받았어
같이 산 사내라고 뭐 남을 게 따로 있나
낡은 양복 몇 벌과 늙은 내가 전부고
애들은 민들레 홀씨처럼 바람 따라 떠나갔지
할 말도 점점 줄고 배역이 쓸쓸해도
영감과 대설 전에 김장을 다해놓고
다녀갈 아이들 생각에
함박눈을 맞고 있어.

똘똘이식당에서

평생 데리고 산
서문시장 경기하며
저마다 짊어지고 온 해거름 그 허기를
홀 섞어 다 받아주는 그런 골목이 있다
마음도 창고라며 뭘 담고 비울 것인지
동산병원 링거액 같은
술병을 앞에 놓고
너와 나 치료해보라는 그런 골목이 있다.

눈을 감고 책읽기

새하얀 모시옷이
늙은 아내 정성이지만

합죽선 바람이나 일없이 당겨쓰는

팔순의 세상 적막은
매미 울음만 가득하다.

도둑맞은 헌책방처럼 집도 밭도 자식 주고

권수도 맞지 않는
이 빠진 낙질 인생

가만히 가슴에 적힌 글들
눈을 감고 읽고 있다.

탈옥

무쇠 같은 여편네도 병원 링거 달고 살고
돈은 돈대로 쓰고
이는 이대로 시원찮아
이놈의 입맛은 당최 돌아올 기미도 없고,
칠십 밑자리 간 후
찬바람만 조금 쐐도
숨을 누가 당기는지 가풀막을 치달아서
사는 게 통 징역이고
섧지만 뭐 별 수 있어?
삭신 구석구석이 쑤시고 저려서 영
연기처럼은 못 가도
자다가는 가야 될 건데
조금 더 살다 죽으면 그게 탈옥 아니겠나?

균열

논바닥 갈라터진 거야

물만 대면 이내 붙지

마음 가뭄 길어져 봐

지옥에 월세든 듯

살맛이

콕콕 찔리는 게

바늘방석 따로 있어?

빈방

여든이신 처숙부 댁

기력 잃은 담장에는

연분홍 코스모스가 몇 무더기 웃다 지고

가을이 감마다 찾아와도

빈방이 더 많은 집.

그 허기 자루로 퍼

콩과 깨를 담아둔들

애들 며칠 묵다 떠난 빈방만 또 남아서

쉬 어디 잦아지나요, 빈속에 이는 바람이.

한처閑處

늙어 된서방은 고적함과 병치레래도

늙은 중 먹 갈 듯이

산골에 눌러 살며

구름과 말을 나누고

그림자와 술도 하오.

홀로된 지 오래라고 정성도 갸륵하게

저 위뜸 이장里長댁이

눈발 속에 팥죽 쒀 와

일 년에 몇 번 오는 애들

자주 온다 말을 하오.

대추나무집 저녁상床 풍경

1

 어머닌 적적해서 놀이 삼아 하신대도, 대추봇짐 머리이고 장에 이젠 그만 가요. 용돈도 자주 못 드려 드릴 말은 없지만….

2

 그래, 기껏 다 팔아도 코 묻은 푼돈 몇 장, 하루해 다 잡아먹고 손과 발을 부렸지만,

 우리 산 환한 가을의 이문만은 안 남겼나.

 아범아, 걱정마라 이것도 내 재미다. 네가 멀리 안 가고 같이 살아 고맙다.

 이 동네 부모 자식 사는 집 우리 밖에 더 있나.

 애나 낳아 홀 맡기고 전화나 해대면서, 입으로 사는 놈들 돈 몇 푼은 안 부럽다. 너희 둘 살림 못 내준 건 뉘 팔잔지 아직 몰라….

인간 독서

글줄 꽤나 읽은 놈이 걸태질로 나부대고

그 무슨 백 있다고 곁쇠질로 살아봐라

나중에 인심 다 잃고 까닥하면 옥살이지

외돌토리 몸이라도 인심이 한강수면

사람이 와도 오고 팔자도 고치는데

뭐든지 살똥스럽게 마구 굴다 탈을 내지

아무리 빚두루마기 껴입은 처지라도

처신이 올바르면 솥에 개 누웠겠나

위기 때 잘 뜯어보면 살아온 길 다 보이지.

김 씨의 선글라스

길사나 흉사를 맞아 집안사람 만날 때면
눈도 마주치기 싫은 사람이 있는 김 씨
들끓는 눈의 감정을
선글라스로 다스린다.

기만과 배신 앞에
접근금지 표시인 듯
말 한 마디 섞지 않는
마음은 고름주머니
웃음이 보따리를 싸 아예 이사를 갔다.

나는 그를 안다
그가 한때 나였기에
미움을 품고 살면 남은 속 더 썩어서
역겨운 사람 냄새가
신경마다 붙어있지.

오후 3시의 김 씨

신문을 뒤적여도 신통한 수 좀체 없고
식어버린 커피 같은 어정쩡한 표정으로
양 볼이 축 처진 김 씨
하품을 대구 하네.

땅값 소식이며
맥 빠진 주식 흐름이며
여자 이야기 말고는 아예 입 열게 없는
정체된 감정에 막혀 사는 일도 참 지겹네.

의식이 침몰하는 농익은 오후 3시
내버려 둘 수만 없는
따분한 중년 냄새
스스로 나무라듯이
이마를 툭툭 치네.

어느 부부의 원願

고장 난 자동차라면 수리라도 가능하지

운명이라며

운명이라며

너를 수용하기까지

수없이 울고 분노했던 지난날이 있었다.

바보의 어미아비로 불려도 상관없다

너만 행복하다면

우리 기준은 버린다

우리 셋

함께 늙다가

네가 며칠 먼저 가라.

김 형사의 독백

범인을 추적하고 검거하고 체포만 했지

그놈들 더러운 성질, 주먹과 칼이 되기 전에는

이 일도 속수무책이라 쓸쓸할 때가 많아….

수갑을 채워야 하는 영역 밖의 일이지만

증오나 냉소란 걸 한 20년 받아내 봐

곱게 산 사람들 보면 절이라도 하고 싶어.

무드

자네 시숙,

술집에 저당 잡히고 다녔는지

집에 오면 무드?

그런 거 애초에 없어

어떻게 생겼는지 통?

한 번 봤으면 원이나 없지….

형님도 참, 지금이라도 찾아오라고 하세요

호주머니가 궁해지자 그 집도 폐업했다나

슬며시 내 옆에 붙어

자꾸 밥이나 달래.

최복강아지 여사 팔순 연설

사는 게 산길이라 늘 휙휙 꼬부라져

청춘은 허벙저벙 휘뚜루마뚜루 다 보냈고

술 취한 이장里長 손에 달린 이름이 뭐 이랬어요

시집간 여자 이름 불러주는 이 누가 있어요

영감은 이녁이고

마을에선 고로댁이고

애들이 기겁을 해요, 어미 이름 누가 알까 봐

사람들이 강아지 보고, 넙죽 절하면서

엄마, 할매, 아지매, 형수하며

강아지 팔순 해주는 것 아마 처음 봤지요

세월 잡는 포수 없어

나이 들면 다 갔는데

이름 덕에 구사일생 여기까지 왔나 봐요

하여간 많이 드세요

개 팔자가 상팔잡니다.

5

자궁이 절간이란다

바다에 묶인 여인

저 파도가 귓가에만 맴돌 때는 잘 몰랐어요
뱃속에 애 들어서듯 함께할 목숨인 줄
이곳의 여인들은 죄다
파도를 낳고 키우지요.

이렇게 동쪽 햇귀가 환한 봄을 불러내어
물질로 따낸 미역을
햇살에 말리지만
참말로 애 울음소리가 이젠 너무 그립다오.

몸도 예전 같지 않아 그 무슨 옷이라면
저 바다를 훌훌 벗어 그만 내려놓겠는데
내 안에 살고 있는 바다는
내가 가야 떠난다오.

그 절간 불목하니

불임전문의 이 선생은 자궁이 절간이란다

듣고 보니 틀림없다
아기로 오실 부처님

그 절간 불목하니*가

몰라
아마

자기라지.

* 불목하니 : 절에서 밥을 짓고 물을 긷는 일을 맡아서 하는 사람.

요 머리통!

내 머리에 맞는 모자는 어떤 가게에도 없다
더욱 슬픈 일은 이 머리통이 그걸 잊고
멋있는 모자를 보면 사려고 하는 것이다.

어느 봄날 문무학 형과 문학기행을 같이 갔는데
교감된 기념으로 모자를 하나 사주신다며
모자를 다섯 번씩이나 씌워보더니 포기했다.

네 머리는 신의 실수라는
형의 웃음 섞인 말에
머리가 사양한다고 되받으며 웃었지만
준다고 다 받느냐며
요 머리통이 중얼댄다.

봄빛

하동장도 섬진마을도 눈부신 봄입니다 꽃가지 하나하나
눈부신 봄입니다 섬진강 실핏줄까지 한 올 한 올 봄입니다

스스로는 못 크고, 소떼들이나 키웠지요

착하게는 살았지만 공부가 신통찮아
제 몸 하나 지켜가는 사람살이 앞가림이
이렇게 똥줄이 타고
시달릴 줄 몰랐어요.

혼처도 뚝 끊기고 멱살을 잡는 가난이
기가 죽고 너무 싫어 소떼들을 키웠고요
아내도 소떼들처럼 그때 내게 잡혔어요.

내 재주를 늦게 알았는데 내가 날 키우기보다
소가 날 키우고
아내가 날 키우는데
마음을 모두 주니까
일이 술술 풀렸어요.

그 집에는

늘 꽃을 꽂아두는 요강이 하나 있다나요

그 집 할매 긴병 끝에 유언이 이랬답니다

내 가고

네 어미 가면

저 게 네 어미 속이다.

청루青樓의 현絃

봄밤은 안족雁足 위에 현을 울려 꽃피는데

임 뵌 지 석 달 열흘, 눈썹달도 홀로어라

세월아, 누가 말했니?

기생 환갑은 마흔이라고….

슬픔을 뒤적이면 생은 찢긴 속지 몇 장

그 대목에 숨어살던 살밑이 환한 처녀야!

거기서 이 봄밤까지 외로 나간 화살이냐.

꽃이 늘 꽃이냐고 바람이 일렀건만

귀먹은 내 청춘이 이미 놓친 푸르던 날

미련이 현 위에 운들

뒤로 달릴 말馬은 없네.

청춘은 미꾸라지

아이들 키우면서 안팎이 참 힘들었지

벼르던 먼 여행은 늘 견주다 접고 미뤄

똥 누고 뒤 안 닦은 처지로 예까지 흘러왔어

사람 일 데면 쉬고 졸리면 자는 건데

판소리와 자식한테 붙들리고 매달리다

청춘은 미꾸라지처럼 솔솔 다 빠져 달아났어

장단이나 추임새나 소리마저 늙고 삭은

고수와 소리꾼의 뒤안길 후회라고

슬픔이 흉중에 남아 짙고 깊은 한恨이 되지.

사진 찍기2

이혼을 전문으로 다루는 강 변호사

그는 여행을 하며 사진 찍기를 좋아한다

삶에도 각도가 있다는 그의 말은 신선하다.

피사체가 너무 가깝거나 혹은 너무 멀면

호기심을 잃는다는 그의 렌즈 초점이론은

시들한 나와 아내 사이를 해석하기에 충분하다.

쉰 넘어 그러려니 할 때도 됐다지만

우리들 사는 내용이 어디쯤 와있는지

그 어떤 거리를 두고 말없는 사진이 찍힌다.

플라타너스 초대장

한여름 학교운동장이
모두 저희들 그늘입니다
영천장 돔배기도 살 겸 한 번 놀러 와서
사람을 당기는 힘이 정녕 뭔지 생각해요.

한 자리에 뿌리내린
나이가 나인지라
백 년을 끌어다 쓴 초록빛 바람 맞이
임고면 임고초등학교 자랑이고 멋이지요.

경운기 소리 나는 면소재지 정취라고
도랑물이 어른대고 밭둑 인정 저려오면
한 번씩 마음 치료 차
돌아보고 가십시오.

• 경북 영천시 임고면 양향리 638번지에 위치한 임고초등학교에는
7그루의 거대한 플라타너스가 있음

30년 전

안동 국제식육점에 이런 일이 있었다
학기말 직원여행 뒤풀이 저녁으로
고기를 굽고 있는데
"꽝!" 하는 굉음이 났다.

놀란 한 여선생이 "가스다!" 하는 통에
모두가 혼비백산 출구로 내달리다
본능적 뼈와 근육들이 뒤섞이며 부딪혔다.

이마에 멍이 든 채
쓰러진 여선생에게
탈출한 남선생들이 다시 돌아 온 것은
길가에 자동차 펑크 소리가 만든 혼란이었다.

사람의 탈을 찾아
제자리에 앉는 순간!
식당 저쪽 구석에서
촉촉이 젖은 눈으로
아내를 꼭 안고 있던 노신사가 있었다.

KBS 전국노래자랑

전국을 돌아다니며 그곳 사람 모셔내는

30년 지기 송해 선생과 김인협 악단장처럼

인연을 잘 가꾸는 게 노래 중에 노래죠.

아찔한 땡은 땡 대로 긴장이고 웃음이면

등수를 매겨보는 딩동댕 노래 맛은

은근히 붙드는 것이

심사까지 맑게 하죠.

돈 모시고 사는 세상

노래 속에 잠시 잊고

출연자 중 자막으로 동갑 연배 보는 날은

뭐 비록 화면이지만 동질감에 홀 섞이죠.

보리까끄라기 죄

아이고!

얄궂어라!

혼인 치고 병풍 친다고

단지 총각보고 보리까끄라기 들어가서

등허리 좀 봐 달랐는데

꼬리치며 뭐, 꾄다고?

적삼 섶이 짧아서 젖퉁이가 어쨌다나?

쓸데없는 혓바닥이 동네방네 들쑤셔서

밤마다 서방 없는 년 달만 봐도

쑥덕쑥덕….

거름더미를 보며

전생에 죄명이 두엄이라고 있었는지
자식한테 부모는 평생 거름농사지요
인연이 포승줄이라
너나없이 달린 고삐.

기껏 남매 매달려도
이 속 저 속 다 썩는데
옛날에 일고여덟 앞가림이 참 신통도 하지
죄 값이 좀 줄었다는
가석방이 퇴직이고….

인연

오래 잊은 흙냄새가 발령장에서 물씬 났다

유곡2리 마을회관 앞, 느티나무 삼백여 년의

스치는 바람 맛까지 실어 올 줄은 몰랐다.

늘 맞는 덤으로는 참말로 과분한 게

더러는 나이 먹는 법도 제 속 비워 내비치는

그 품세 그 그늘만 해도 넉넉해서 일품이다.

고요

노을에 던져버린 탐욕마저 다 사위면
임은 오서서 저의 눈에 뭇 별들을 풀어놓고
미망의 가장 중심에
일주문을 세우시더니
제가 저로부터 떠나야만 보인다며
때 묻은 제 거울을
손수 닦아주시곤
서둘러 아침이 오기 전에
홀연 떠나시더이다.

낮잠

모내기
참 술 몇 잔에
눈꺼풀이
무거운 한낮

느티나무 300여 년 아래
촌로들의
코 고는 소리

아무나
누릴 수 있는
그런 잠이 아니다.

돌*

돌 속에도 사람이 있다
주춧돌이 되려하는

궁궐 돌 아니라도
밑돌다운 돌이 되어

늠름히
버티고 앉은
간절한 돌이 있다.

* 돌
　달성고등학교에 모교 출신 소상호(3회) 교장께서 부임한 후, 김기성(3
회), 이성효(9회), 차동광(12회), 박화성(14회) 네 분이 모교 기숙사 설계
비 전액을 기부하였다.
　이 글은 이들의 순수한 뜻을 기리고 후배들에게도 모교 사랑의 정신을
일깨우기 위하여 모교 기숙사 벽 돌판에 서예가 김시형(1회 졸업)의 글
씨로 새겨져있다.

풍속과 풍자를 넘나드는 존재의 시풍(詩風)

유종인(시인, 문학평론가)

1. 풍속의 자승(自繩) - 저기 박힌 돌의 미소

시대는 한두 사람의 몫으로 엮여나가지 않고 몇몇 집단의 옥생각으로 좌우되지도 않는다. 시대는 만물(萬物)과 만인(萬人)들이 갈마들고 뒤섞이면서 거대한 동아줄로 뒤틀려 엮여, 끌어주고 끌어간다. 시인은 그 거대한 동아줄이라는 시대를 이루는 수만 갈래의 한 가닥으로 일생 노래의 가락을 섞는다. 분별과 배제, 야합과 소외의 사회적 병리가 없는 것은 아니지만, 우리가 아는 시대는 세습적 기득권세력이나 권력과 경제적 상위계층 같은 소유의 편중이 만들어낸 주류(主流)들만을 함의하지 않고, 다양한 대상과 다채로운 빛깔의 생각들을 활물화(活物化)시켜 살아가는 도도한 난장(亂場)이다.

시대라는 말이 갖는 가변성(可變性)은 이런 다양한 인적 구성

뿐만 아니라 그 분방한 정신적 혹은 정서적 새로움을 추진체로 한 역동성에 기반을 둔다.

우리는 모두 이 시대의 동아줄을 엮어나가는 그 한 가닥씩의 존재들로 단단히 혹은 성기게 연결돼 있는 개별자이며 또 동시대 인(同時代人)들이다. 시인에게 있어 작금의 시대는 원근(遠近)과 친소(親疎)를 갈마들며 살아내야 하는 시대의 본격적인 내용물이다. 그것이 범박하게는 생활의 풍경이겠지만, 그것의 본격적인 성격과 속성을 굽어보는 시점에서 그것은 실존의 풍속이 된다.

채천수에게 풍속은 삶의 그지없는 질박하고 적실한 내용이자 그의 시조 가락을 엮어내는 알심의 원천이다. 그에게 풍속(風俗, custom)이 중요한 것은 그의 시조가 갖고 있는 존재론적 층위(層位)의 전반을 풍속적 삶에서 이끌어내 보여주는 때문이다.

개별적이고 사적인 존재(存在)의 관심과 속내를 드러내는 사적인 풍속이 있는가 하면, 보편적인 우리네 삶의 공동체의 기운이 배어있는 이웃 풍속이 같이 놓여있다. 이 사적인 풍속 즉 사생활(private life)과 이웃 풍속(the neighborhood customs)은 그러나 원천적으로 격조(隔阻)하거나 변별적인 상관이 아니다. 즉 사적인 관심과 이웃의 풍속이 완벽하게 혹은 분별적인 각자의 대상을 품고 있다고 보기 어렵기 때문이다. 말 그대로 이웃의 현실은 나의 관심과 관여 속에 시대의 풍속이 되고, 나의 사적인 현실은 이웃의 공동체적 세태와의 정서적인 연대와 보편적 존재의 규율을 견지하기 때문이다. 달리 말하면 풍속의 공동체적 속살 속에 개별적인 존재의 속살이 얼비칠 수도 있음이다. 이를 비유적으로 예시할 수 있는 가락이 있으니,

돌부리와 돌뿌리로 고정된 돌을 본다

드러난 돌부리와
숨겨진 돌뿌리에

일테면 저만의 처지가 야무지게 몰려있다.

-〈저기 박힌 돌〉 전문

'여기'가 아닌 '저기 박힌 돌'은 어느 정도 객관적 거리를 노정
하는 풍속의 뉘앙스(nuance)를 띤다. 그러나 이런 심리적 간극이
언제까지나 '저만의 처지'인 객관적 상관물로 화자와 동떨어진
것은 아니다. 이미 화자는 '드러난' 것과 '숨겨진' 것으로서의
돌의 위상(位相)을 보고 있음으로, 그는 '저기 박힌' 돌이 언제든
'여기' 이곳에 섭새김하듯 등장할 가능성을 완전히 배제하지 못
한다. 그것은 화자가 쐐기를 박듯 종장(終章)에서 '일테면 저만
의 처지가 야무지게 몰려있다'고 단언하듯 언술한 속에서 그 완
연해지는 기미를 볼 수 있다. 왜냐면 '일테면'이라는 하나의 가
정법(假定法)이 그 불확정한 '저만의 처지'들을 몰아세우고 있기
때문이다. 개인적인 불우한 사정이나 우여곡절들이란, 물론 화자
의 언술대로 '야무지게 몰려있'는 개인적인 불행의 편재(偏在)일
수가 있다. 그러나 그것은 단순히 '고정된 돌'로 봤을 때의 단편
적인 인상일 수도 있다. 그런데 그런 개인적인 불행의 '몰려있'
음을 좀 더 너른 눈길로 바라봤을 때, '저기 박힌 돌'들이 하나
둘만이 아니라는 사실을 목격할 수도 있지 않을까. 그럴 때 그런

큰 불행과 작은 불행, 고만고만한 불행, 불행 같지 않은 불행에의 새삼스러운 눈뜸은 어느 순간 불행 같지 않은 불행과도 마주치게 될 수가 있지 않을까. 반대로 새삼스럽지만 행복이라면 또 어떨까. 행복해 죽겠는 행복들과 그냥저냥 이만하면 만족한 행복, 자잘한 일상의 행복, 도대체 이것도 행복의 축에 들 수 있을까 싶은 행복, 나중에는 행복같지 않은 행복도 있기 마련이다. 이렇듯 '고정된 돌'로서의 삶의 양상들은 더운 바닷물 온도에 편승해 순식간에 불어난 해파리떼처럼 우리를 감싸듯 다가올 때가 있다. 그런데 이런 해파리떼는 어떤 비유로 삼아야 할까. 불행한 해파리떼인가, 행복한 견물로서의 풍물인가.

행불행(行不幸)을 따지기 앞서 행복이 '고정된' '저기 박힌 돌'만의 것이 아니라는 셈평이 설 때, 존재의 자폐적인 양상들은 서서히 늡늡한 풍속의 겨를과 그 너름새에 눈뜨게 된다.

계란 한 판이 30개인 줄 진작 알았으면

서툰 눈도 좀 고치고 철이 바로 들었을 텐데

쉰넷에 파 한 단 값 안

시장 길이 선생이네.

수족이 늘 찬 아내

꼬랑꼬랑 아픈 날은

여자 누운 남자 살림, 안 봐도 다 훤한 것

부엌도 빨래거리도

물정 어둔 내 닮았네.

-〈장을 보는 남자〉 전문

    처지의 바뀜은 새로운 앎 앞에 그간의 무지(無知)를 일깨운다. 그것은 지식적인 차원이 아니라 새삼스레 주체의 정체성을 일깨우는 차원으로 다가선다. 역지사지(易之思之)의 차원은 심오한 철학적 인문학적 견지에서만 가능한 것은 아니다. 우리네 장삼이사(張三李四)에게 들이닥친 생활의 사소한 변화만으로도 존재의 낯빛이 달라지고 새삼스러운 세상 '물정'에의 둔감(鈍感)은 역설적으로 실존(實存)의 처지를 일깨운다.

    그 사소한 균열과 변화는 존재의 여건이 어떻게 달라질 수 있는가를 가만히 분출시킨다. 즉 사적(私的)인 존재의 여건이 관계적(關係的)인 존재의 여건으로 자리를 옮겨간다. 그것은 수직적(垂直的)인 자기 몰입에다 수평적(垂平的)인 연대의 깊이를 접목시키는 계기를 부여한다. 독아적(獨我的)인 내면지향에다 풍속(風俗)의 낫낫한 햇살을 갈마들게 한다. '쉰넷에 파 한 단 값 안' 그 물정의 '시장 길'이 햇빛과 비바람 냄새 더불어 온 풍속의 '선생(先生)'이 화자에게 다가옴은 일종의 신기(新奇/神氣)다. 물정이 어두워서야 새롭게 들여다보게 되는 소소한 풍속은 세사를 일깨우는 거울에 다름 아니다. 물정 어두운 나를 되비추는 그 풍속

의 거울은 단순한 반영(反影)만이 아닌 그간 가려졌던 존재의 장
(場)을 개시하게 해준다. 그러므로 제목의 '장(場)을 보는' 행위
는 아내가 누운 불편을 대신하는 일반적인 아내 대역(代役)으로
서의 겨끔내기의 남편의 처지만을 상정하지는 않는다. 결국 화자
는 불가피하게 아내 대신의 장보기를 마다하지 않았지만 그러므
로 물정(物情)이라는 세속의 신기(神氣)를 접하게 된다. 우리 사
는 세속의 얼들이 갈마들어 있는 그 물정이 넘실대는 장(場)에 발
을 들인 것이고, 그 물정(物情)이라는 세속의 신기(神氣)가 보여
주는 장(醬)맛을 '보'는 존재로 소소하게 깨달아간다. 단박의 돈
오(頓悟)는 없어도 점수(漸修)하는 풍속의 장맛을 어찌 모른 채
할 수 있으랴.

일찍이 온갖 사물들과의 부대낌 없는 자각(自覺)이란 얼마나
공소할 것인가. 윤똑똑이처럼 굴며 세상사의 이치를 나름 거둬들
인 속요량을 나잇살에 맞게 까불러낸다 하여도 그 또한 어리보기
가 되기는 마찬가지가 아닌가. 소박하고 진진하게 사물이나 그
주변과의 부대낌과 갈마듦이 있은 연후에 세상을 보는 알심이 설
것도 같다. 이것은 우리네 먹을거리 하나를 익혀내고 먹는 과정
에서도 오롯한 혜윰으로 묻어난다.

　　종교나 철학 앞에
　　놓아보는 따뜻한 정
　　뭉클한 진실이다
　　노란 속살의 촉감
　　너한텐 할 말이 없다, 쉰다섯을 더 살아도...

몸으로 말하고 간

너의 말은 따뜻했다

땅속에서 너는 정말 잘 배운 영혼이었다

언젠가 흙이 된다면

너를 꼭 한 번 안고 싶다.

-〈고구마〉 부분

　　서정시의 사물인식의 보편적인 방식인 대상(對像)과의 '자기
동일성(自記同一性)'이 이 시편에서도 여실하게 드러난다. 그러
나 그런 방법상의 대상 인식만으론 다 섭렵되지 않는 것이 있다.
그것은 사물에게서 전달 받는 원초적인 위로와 연대의 기미(機
微)가 지니는 실물감(實物感)이다. 무릇 서정시가 대상 사물을 자
기동일성이라는 틀 안에서 손겪기하기 전부터 '노란 속살의 촉
감'으로 전해지는 '뭉클한 진실'은 서정시의 자기동일성이라는
수사적 입장보다 선험적인 경험론이다. 완미하고 완전한 전언을
지닌 실물(實物)로서의 고구마는 이미 화자가 '따뜻한 정(情)'을
구현하고 있는 사물, 고구마라는 실물 그 자체에서 건네받는 적
실한 체감을 우리는 풍속이 지닌 자연(물)에서 실존으로 건네받
은 것이다. 즉 말하기 전에 '몸으로 말하고 간' 사물에의 새삼스
러운 깨달음이 여기에 있다. 대상 사물에 대한 주체의 자기동일
성이 일어나기 전의 고구마라는 미적이 속에 생래적(生來的)으로
담지된 기운(氣運)을 풍속인들도 체험한다. 이는 주체인 사람의
허기(虛氣)가 대상인 고구마의 곡기(穀氣)를 만났을 때 몸으로 전
달되는 말[言語]의 생기(生氣)인 셈이다. 더하고 뺄 것도 없는 본

118

래적인 말로서의 고구마의 몸은, 언어라는 지시적인 기호와 그 대상과의 거리나 괴리(乖離)가 무화(無化)된 존재, 즉 '땅속에서 너는 정말 잘 배운 영혼'의 육화(肉化)로서의 고구마인 셈이다. 이러한 자연물에서 취한 늡늡한 인간적 별미(別味)는 결국 풍속을 사는 사람들의 정서적 자양으로 삼투(滲透)될 요량이다. 삼이웃들과 고구마를 구워먹는 흔해빠진 행위가 새삼스러운 것은 독식(獨食)의 기초를 풀어헤쳐 나누어 먹는 윤리적인 기율(紀律)을 통해 풍속의 심성을 헤아리는데 있다. 이는 강제성이 아닌 자발적인 마음자리를 얻어가는 풍속의 기초로써, 풍속이 지닌 분위기나 흥(興)과 풍속에 든 대중의 인심에 스스럼없이 편승하는 양상이라 할 수 있다. 시대의, 지금 이곳에서의 장삼이사(張三李四)의 삶은 어느 누구만의 단독자의 삶으로 돼지 머리고기 썰듯이 따로 갈라낼 수 없다는 판단이 설 때, 우리는 같이 살아가고 있는 거다. 아니 세상 물정과 인심에 대한 호불호(好不好)를 한 품에 안고 풍속에 스스로 기꺼이 한몸이 돼 묶이기를 바랐던 것인지도 모른다. 이른바 풍속에의 자승(自繩)은 그렇게 우리가 우리 자신의 삶의 허기와 감정, 생각의 부대낌을 삶의 보편적 현실로 받아들일 때 가능해진다. '나'라고 하는 독아(獨我)적인 개별자가 '우리'라고 하는 허술하고 느슨하지만 복수(複數)의 존재로 갈마드는 걸 주저하지 않을 때 가능해진다. 그것은 단막(單幕)의 인생이 아니라 장막(長幕)의 것이어서 나와 너의 확연한 구분이 불필요한 긴 저녁나절 같은 생의 통각(痛覺)을 찾아갈 때 이루어지는 노을진 연대인 것이다.

서문시장 가게마다
하나 둘 꺼지는 불
생선 대가리를 쳐야 먹고사는 친구 놈과
쉰 중반 피로를 놓고 대폿집에 기대 쉰다.

나잇살에 따라오는
그 무슨 통점痛點 같은
신경이 곤두서서 생의 맛이 조여 오고
경기에 턱턱 받히는
일과들로 가득한 몸.

-〈통점〉 부분

연대(連帶)한다는 것은 각자의 셈평을 쉬고 공동의 처지를 불러내는 일일 수 있겠다. 각자의 처지를 하나의 이슈로 묶어낼 때 가능해지는 연대는 '친구 놈과 / 쉰 중반 피로를 놓고 대폿집에 기대' 쉬는 정서적 육체적 모의(謀議)로서의 향유인 것이다. 피로를 향유하고 더 나아가 '나잇살에 따라오는 / 그 무슨 통점痛點 같은 신경'의 곤두섬을 서로 이해하는데 풍속은 은연중에 기여한다. 각자(各自)는 치우쳐 있는 격절의 상태지만, 그 폐쇄적인 치우침을 터놓듯 '기대'고자 할 때, '생의 맛이 조여 오'는 기미(機微)를 느낄 수 있다. 비록 세상 '경기에 턱턱 받히는 / 일과들로 가득한 몸'일지언정 서로 기댈 수 있는 고통은 오히려 가만한 위로를 부르고, 그 위로는 불문율로 번져오는 풍속의 목로 위에 우리를 앉힌다.

2. 풍자(諷刺)의 자박(自縛) - 내처 앓는 이명(異鳴)들

좋은 소리는 이내 갈마들고 스며서 어디든 이내 사라진다. 그러나 굳긴 소리나 싫은 혹은 못마땅한 지청구의 소리는 어디든 쉬 갈마들었다 이내 뛰쳐나와 우리의 귓전을 맴돈다. 혼자 떠도는 박명(薄明)의 소리들을 화자는 어디서 보았을까. 그 또한 마뜩찮은 풍속의 한 마당에서 겪지 않았겠나. 그런 의미에서 좋은 발견(發見)이란 따로 있지 않다. 역설적으로 나쁜 발견이 좋은 발견일 수 있다. 혐오와 염증을 일으키는 데도 그걸 버릴 수 없을 때, 우리는 마지못해 웃는다, 어쩔 수 없어 웃는다. 웃을 수 없는 절망의 상황을 외면하지 않을 때, 그리고 그걸 삶의 포기로 낙찰시키지 않을 때, 지난한 존재의 풍속은 어느 순간 풍자(諷刺)의 미소를 불러낸다. 풍자는 악의(惡意)를 품지만, 그것은 즐겁고 유쾌한 복수의 수사학(修辭學)이기 때문이다. 풍자는 풍자의 대상을 죽이지만 다 죽이지는 않는다. 결국 어떻게든 살리고자 한다. 더 잘 살릴 수 있다고 믿는 편이다.

채천수에게 있어 이런 풍자(sarcasm)의 기미는 풍속은 늘상 미풍(美風)에만 머물지 않는다는 나름의 냉철한 현실인식에 바탕을 둔다. 미풍이 있다면 어쩔 수 없이 추풍(醜風)도 있기 마련일 테다. 풍속은 그 풍속을 사는 개별적 존재들의 전용(專用)의 생활 패턴일 수만은 없기 때문이니, 풍속의 사회사라는 개념은 이렇게 출발하지 않았을까.

아무리 사는 몫이 자기 책임이라지만
생계가 목발을 짚는

121

88만 원 돌너덜 길
청춘은 팔팔했지만 그마저도 좀 귀했어.

깎인 납품 단가에 후려쳐진 노임 단가
한숨을 자주 뱉는 생은 결국 하청이지
씁쓸히 외진 구석에
잡초처럼 돋는 절망.

졸리고 옴나위없어 손가락을 오그리다
로또나 한 장 샀어!
확률을 잊은 채로
척박한 이 서식지를 언제 몇 발 벗어나나.

-〈로또나 한 장 샀어!〉 전문

생존의 현장을 무시할 수 없음에도 '확률을 잊은 채로' 로또 한 장에 맡기는 것은 현실에 대한 슬픈 직설이면서 동시에 암담한 우의(寓意)로 읽힌다. '생계가 목발을 짚는 / 88만 원 돌너덜 길'은 오늘 청춘들의 경제현실을 단적으로 보여준다. 이는 단순히 청춘 계층만의 문제로 국한시킬 수만은 없는 문제라서, '깎인 납품 단가에 후려쳐진 노임 단가'로 '한숨을 자주 뱉는 생은 결국 하청이'라는 모든 노동 계층의 심리적 자괴감을 섭새김한다. 그럼에도 이런 불경기며 노동현실의 심각성이 이 시편에서 현실적인 타개책을 마련하지는 않는다. 오히려 그 심각성을 '로또나 한 장' 사는 것으로 방기하는 듯 드러난다. 그러나 그런 풍속의 일단을 보여줌으로써 오늘의 노동현실이 지닌 무기력함 그 자체를 가감 없이 풀어낸다. 이는 '졸리고 옴나위없어 손가락을 오그리' 며 사는 로또의 확률(probability)이 정직한 노동의 대가에 대한 확신(conviction)을 배반하는 현실에 대한 알레고리(allegory)로 작용한다. 즉 생존의 현실에서 로또(lotto)라는 극미한 확률(確率)이 노동의 보답에 대한 확신(確信)을 어떻게 대체하는가에 대한 화자의 우려와 허허로움이 동시에 드러난다. 화자의 이런 노동현실에 대한 인식은 보다 근원적인 문제의식을 개진한다.

센서가 개발되어
내부자동제어가 되면서부터
감지된 오차는 스스로 교정됐고
대부분 외부개입제어는
설 자리를 잃었다.

사람을 밀어내는 기술의 정교성과
잇속이 종교가 된 패러다임의 속도에는
철지난 고용형식을
도려내는 칼이 있다.

-〈그늘〉 전문

노동현장에서의 고용의 감소가 외부적인 경기여건의 불황과도 관계가 있지만, 내부적으로는 '기술의 정교성' 과 '잇속이 종교가 된 패러다임의 속도' 가 근본적으로 고용의 밀도를 점진적으로 떨어뜨린다는 화자의 통찰이 진진하게 자리잡고 있다. 아찔하고 흉흉한 노동현실의 미래일 수밖에 없다. 무엇보다도 이런 노동현실의 변화가 종내 노동현장의 '무인지경(無人之境)'을 초래할지도 모른다는 섬뜩한 내다봄은 고개를 돌리게 한다. 오늘의 노동현실의 열악함이 '철지난 고용형식'으로 치부될 때, 그런 노동인력을 '도려내는 칼'은 말 그대로 '사람이 없는 노동'에 대한 참담한 묵시록으로서의 메타포(metaphor)일 수밖에 없다.

노동현실의 사회적 정의가 확률이 아닌 확신에서부터 멀어지는 것처럼 화자가 바라보는 경제적 정의는 곳곳에서 구멍을 본다. 하우스푸어(housepoor)나 워킹푸어(workingpoor)는 우리 사회가 가진 경제적 정의와 확신이 경제 불안과 확률의 줄타기에 그 몫을 넘겨줬다는 증거가 아닐까. 이러한 경제적 살인에 대한 시적 응전이 보다 웅숭깊어지고 에두르는 간접화법을 요구할 때 우리는 풍자(諷刺)의 기미를 엿보게 된다.

공동체가 지닌 불온한 사회적 분위기, 혹은 불온한 풍속에 대한 우려에 찬 시선은 채천수에게 있어 단순한 비관을 넘어 비판적인 수사(修辭)를 불러온다. 직설적인 비판의 수위를 조절하면서 화자가 이런 저열한 현실을 모른 척 할 수 없는 것은 당대를 사는 풍속인(風俗人)으로서의 자괴감 혹은 자기반영이라는 시인의 숙명을 져버릴 수 없기 때문이다.

나쁜 시대보다 더 나쁘고 절망스런 시대는 시대를 객관화하지 못하는 것이다. 시대에 대한 비판의 의지를 꺾은 시대의 구성원들로 시대가 굴러가는 것이다. 혁명이란 말이 너무 크다면 혁명을 잘게 쪼갠 우리네 삶의 일상의 폐단을 고치는 단초는 비판의 대상을 올곧게 바라보는 눈길이다. 그 눈길은 당장은 험담처럼 들리는 비판이지만 종내 풍속을 그르치는 사람과 삶의 양상을 구

체화한다. 즉 비판의 대상을 일시적 풍속의 폐단에서 존재의 폐
단으로 좀 더 극명하게 노출시킨다. 풍속의 폐단은 사회구조적인
문제의 관점이지만 존재의 폐단은 인간적인 양식의 문제로 세태
를 톺아본다.

성적에 내몰리다 성격 다 비틀린 채
일탈의 오토바이로 펄럭이는 머리카락
황량한 아스팔트에 굉음으로 맞선다.

잠깐은 통쾌해도 어둠이 찢은 청춘
밥과 잠자리가 잠시 붙들어둘 뿐
마음이 떠나버린 집
몸만 남아 버틴다.

일시적 반항심이 빈집털이로 나서고
태반이 석 달 안에 원조교제를 나간다는
구겨진 통계 속에는 무면허의 봄이 있다.

-〈무면허의 봄〉 전문

탈선과 일탈의 청춘들에 대한 화자의 안타까움은 먼저 풍속의
관점이 더 완연하다. 그만큼 그 그릇된 청춘의 행각이 가져오는
결과가 암담하기 때문이다. 그러나 이런 세태시의 관점 외에 화
자는 그들을 그르쳐 가는 청춘들의 위태로운 존재 행태를 드러내
는 것이 존재론적 관점이다. 그것은 용언(用言), 대상 주체의 활
동적인 형태를 취해 도드라진다. '내몰리다' 와 '비틀린 채' 가 그
렇고 '펄럭이는' 것과 '맞선다' 는 관계설정이 그렇다. 주로 서술

부(敍述部)에 위치하는 이들 움직씨와 어떻씨의 작용은 대상주체의 행동양식의 적극성을 부여함으로써 세태의 깊이와 양상을 극단적인 부정의 양태로 도드라지게 한다.

존재의 양상을 치유하는 방식으로서의 풍자는, 처음엔 저열한 풍속의 양태를 개괄하지만, 점차 개인의 존재론적 측면으로 초점을 옮아간다. 결국 풍속의 세태가 가진 어찌할 수 없음이라는 자기방기적인 현실을 풍자는 마냥 오지랖 넓게 받아들이지만은 않는다. 무엇이 문제인가.

채천수의 시편에서 보여지는 풍자의 기미(機微)는 언뜻 보기엔 단순한 세태비판적인 측면이 완연하다. 그러나 그것이 개인의 존재론적 각성을 촉구한다는 측면에서 보면, 오늘의 저열한 풍속의 일단이 풍자의 영역으로 발걸음을 놓는 수순을 밟고 있다. '무면허의 봄'을 사는 청춘의 행각은 사회적인 관점에서는 저열한 세태이지만, 개별적인 존재의 관점에서는 3수(首)에서 보여주는 극단적 일탈은 풍자의 인상으로 도드라진다. 일탈한 모든 청춘이 '빈집털이'가 되거나 '원조교제'의 패악에 빠지는 것이 아니기 때문이다. 풍자는 세태비판을 겨냥하지만 특정 개인의 구체적인 범법적 피의사실을 고지하려는 것이 아니기 때문이다. 사회 풍속의 전체와 개인이 하나의 반성적 아이템을 구성하고 공유하는 지점에서 풍자는 서서히 그 역할을 발휘하기 시작한다. 이러한 세태가 왜 가능해야 하는가, 라는 근본적인 물음을 풍자는 풍속과 세태를 통해 탐사한다. 그것은 저열한 삶에의 회의(懷疑)를 보여줌으로써 그 반대적 상황을 강렬하게 꿈꾸게 한다.

1

니 맛도 내 맛도 없는 슬픈 술을 또 묵고 왔나?

그놈이 날 잡아묵고 결국 니 잡아묵는데이

세상에 어디 니만 어둡나

이 꼬라지를 우야꼬...

2

어무이!

저 돼보이소 안 묵고 배기는가

석 달 만에 도망갈 년

데리고 온 미친놈이

낯짝은 어떻게 들고, 맨정신에 살겠능교

가시나들 다 피하는 촌놈은 헛일입니더

끈 떨어진 내 청춘을

원망하면 뭐 합니꺼

어무이!

술이나 한 잔 걸치는

돌중이라 여기시소.

-〈39살 돌중〉 전문

　　풍자는 관계성이 희박한 존재 대상의 입장을 서로 연결시키는
상상력의 통로(通路) 구실을 하기도 한다. 여기 시골 노총각의 실
의(失意)와 그런 술독에 빠진 아들을 질책하는 노모와 그의 도망
간 외국 처자(妻子)가 있다. 지극한 세속의 가족 구성원들이다.
그런데 여기서 아들의 아내였던, 노모에게는 원망스러울 수밖에
없는 며느리가 줄행랑을 놓은 모양이다. 39살 아들은 '맨정신에

살겠능교' 라며 술에 의지한다. 그러며 그런 자신을 질책하는 노모에게 '어무이! / 술이나 한잔 걸치는 / 돌중이라 여기시소' 라며 오히려 자신을 희화화(戲畵化)시킨다. 대처(帶妻)와 음주를 금기시하는 불가(佛家)의 수행자인 '돌중'과 우리네 세속의 농촌 '촌놈'을 하나로 묶는 이런 유비적(類比的)인 견줌은 풍자가 아니면 쉽게 지닐 수 없는 수사(修辭)의 바탕이 아닐 수 없다. 즉 견주고자 하는 두 대상 간의 절절한 사연의 진폭이 그만큼 크고 강렬한 곳에서 풍자는 이절적인 비유의 방식을 무리 없이 불러올 수 있다. 채천수는 노모(老母)와 아들이라는 두 화자(話者)를 등장시켜 풍자의 방식이 그들 자신의 사적인 기구함에 가닿는 육성(肉聲)을 들려준다. 즉 자기풍자(自己諷刺)를 통해 궁극적으로는 농촌문제가 놓인 요지경을 드러낸다.

풍자는 그 속에 등장하는 인물들로 하여금 그 자신을 묶는, 묶어서 자신의 삶을 옥죄는 현실의 오랏줄이 어떤 것인가를 체현해준다. 풍자의 해한(解恨)이나 해결의 실마리, 아니 그 문제풀이의 단초는 저마다 문제를 지닌 몸의 현실을 묶어 스스로 인간들의 이목에 노출시키는 마음이다. 풍자의 자박(自縛)이란, 모든 간난곤경(艱難困境)의 해결이란 스스로를 풍자의 대상으로 묶어 자신을 혐오하고 연민하고 비꼴 줄 아는 객관화의 지경에 있음이다. 그 다음에 우리는 모든 해원의 절대지경을 향해 '어무이! 큰 소리로, 뒷병 술을 마신 돌중이나 땡추로 눈빛과 목소리를 풀어낼 수 있음이다.

3. 풍속에 들어앉아 웃음 치는 풍자

　다 어둡고 신산하지만은 않다는 것이, 그 어둠과 고됨이 설사 진절머리를 내두르게 하더라도, 한끝 다른 소리를 낼 수 있음이다. 그것이 바로 풍자의 능청이며 너스레다. 심각하지만 너무 심각하지 않게, 짐작 그 심각함을 알면서도 그 심각함을 달리 눌러앉히는 해학의 풍조, 여기에 풍자는 무겁지 않고 신명을 탄다.

　아이고!

　얄궂어라!

　혼인 치고 병풍 친다고

　단지 총각 보고 보리까끄라기 들어가서

　등허리 좀 봐 달랐는데

　꼬리치며 뭐, 꾄다고?

　적삼 섶이 짧아서 젖퉁이가 어쨌다나

　쓸데없는 혓바닥이 동네방네 들쑤셔서

　밤마다 서방 없는 년 달만 봐도

　쑥덕쑥덕...

　　　-〈보리까끄라기 죄〉 전문

세태는 말 그대로 '얄궂어'서 내 의도와는 상관없이 일방적으로 곡해하고 폄훼하기가 그지없다. 화자는 필시 과부인 게 분명한데, 그런 사정마저 한 술 더 떠서 왜곡하기를 숨 쉬 듯 하니 이만저만한 명예훼손이 아니다. 그러나 앞서 말한 대로 풍자는 특정 개인에 대한 피의사실을 적시하는데 있는 원한이 아니라, 그런 야속한 현실에 대한 포용으로서의 해한(解恨)과 지난한 용서의 과정에 있다. 미움이 있지만 미움을 다 가지지 않고 원한이 없지 않지만 원한을 그대로 다 되갚지 않는다. 풍자는 그래서 너스레며 익살, 능청스러움 같은 해학의 포즈를 늡늡한 필살기로 써 먹는다. 그래도 사람들은 죽지 않는다. 오히려 사람들은 입가에 번지는 미소와 입꼬리가 슬며시 올라가는 가만한 즐거움을 받아 안는다. '밤마다 서방 없는 년 달만 봐도 / 쑥떡' 공론(空論)을 일삼는 세상을 향해 풍자는, 먼저 자기 자신을 향해 사태의 본질을 설명하고 포용하는 말을 얼러내준다. 풍자는 세태와 풍속에 대하여 비판적인 안목을 가지고 세상에 가시를 주지만 그 가시로 세인들이 스스로 찔러 죽으라고 주는 것은 아니다. 풍자의 궁극은 풍속에 들어앉아 악다구니와 혐오와 모멸의 세상 풍속을 얼마나 지극하게 품어안고 그 속내를 헤아려 살아갈 수 있는가를 개진하는데 있다. 인욕(忍辱)은 어렵고 수치스럽지만 그 인욕을 이기는 말의 풍경은 얼마나 지극하고 즐겁고 아름다운가를, 여기 세속에 들어앉은 보리심(菩提心)이 어떻게 자신을 굴려왔는가를 더불어 묻고자 한다.

풍자는 깨끗하고 성스럽고 우아하며 정결한 풍속을 품는 방식이 아니다. 오히려 그 반대의 수치와 비속함과 추악을 마다하지 않는 자리에서 오히려 더러움을 가지고 더러움을 이기는 마음의 방식을 주문한다. 여기 그런 인간승리의 소박한 풍자마당이 있다.

사는 게 산길이라 늘 홱홱 꼬부라져

청춘은 허벙저벙 휘뚜루마뚜루 다 보냈고

술 취한 이장里長 손에 달린 이름이 뭐 이랬어요

시집간 여자 이름 불러주는 이 누가 있어요

영감은 이녁이고

마을에선 고로댁이고

애들이 기겁을 해요, 어미 이름 누가 알까 봐

사람들이 강아지 보고, 넙죽 절하면서

엄마, 할매, 아지매, 형수 하며

강아지 팔순 해주는 것 아마 처음 봤지요

세월 잡는 포수 없어

나이 들면 다 갔는데

이름 덕에 구사일생 여기까지 왔나 봐요

하여간 많이 드세요

개 팔자가 상팔잡니다.

-〈최복강아지 여사 팔순 연설〉 전문

어찌 보면 이름에 대한 희롱(戱弄)이요, 수사적인 말장난(fun)
일 수도 있지만, 여기엔 어찌할 수 없이 이 땅의 장삼이사(張三李
四)보다 헐한 부름의 존재로 태어난 자기 이름에 대한 소박한 긍
정과 순명(順命)이 있다. 욕됨이요 그런 지청구일 수도 있는 호명
(呼名)을 '강아지 팔순 해주는' 날까지 '사는 게 산길이라 늘 홱
홱 꼬부라져'도 버리지 않고 지극하고 지순하게 받들어 산 '최복
강아지 여사'는 세상의 날선 풍자와 조롱을 온몸으로 견뎌낸 더
깊은 풍자의 인생이 아니었을까. 세상의 허우룩한 시선과 얄팍한
희롱의 말들을 넘어서는 지경에 묵묵히 자리 잡아 온 풍자의 몸,
그 현신(顯身)으로서의 삶의 여정은, 고된 풍자이자 낮낮한 긍정
의 미소를 찾아가는 자기 풍자적 해탈의 샛길이 아니었을까.

풍자는 여기 있으니 욕되고 안타깝고 모멸스러운 것을 저쪽으
로 내던져 버리는 것이 아니다. 여기 더 있으면서 어찌 저기를 가
지 않아도 여기가 살 만한 데가 될 수 있느냐를 은연중에 묻는 지
극한 현실론이다. 그러니 풍속을 먹고 자라는 풍자여, 네 몸과 마
음이 깨끗하길 바라지 마라. 똥장군을 지고 가는 지게꾼의 몸에
서 똥냄새가 나가든 그에게 꽃가지를 들어 욕하지 마라. 풍자는

더러움이 더러움을 깨우치길 바라지 않고, 어떻게 이 더러움을 매일 대하여 깨끗이 비워내고 더 큰 아름다움의 거름으로 삼을까, 똥지게꾼 풍자 씨(諷刺氏)는 오늘도 길섶에 앉아 인생 초로(草露)의 담배를 맛있게 피운다. 쓰더냐, 달더냐, 텁텁하더냐. 거듭 고개를 돌려 보면, 우리는 몸속에 덜 익은 똥을 매일매일 담고 다니는 숨탄것들이 아닌가.

채천수가 풀어내는 인생의 시조는 가끔 우리를 좀 더 다른 이름으로 부른다. 그것은 풍속을 잘 살아내려면 풍자의 이력과 가락을 지녀야 한다는 가만한 눈길이다. 그런 연유에 우리는 고단한 세월과 그 바람이 씻겨주는 고된 풍자의 몸에서 진진한 풍월이 울려나와 번져나가고 있음에 귀 기울이게 된다.

초판 1쇄 발행 | 2012 년 10월 20일

지은이 | 채천수
펴낸이 | 신중현
펴낸곳 | 도서출판 학이사
　　　　출판등록 : 제25100-2005-28호
　　　　주소 : 대구광역시 중구 국채보상로 101길 15(동산동 7)
　　　　전화 : (053) 554~3431,3432
　　　　팩스 : (053) 554~3433
　　　　홈페이지 : http : // www.학이사.kr
ISBN | 978-89-93280-46-3 03810